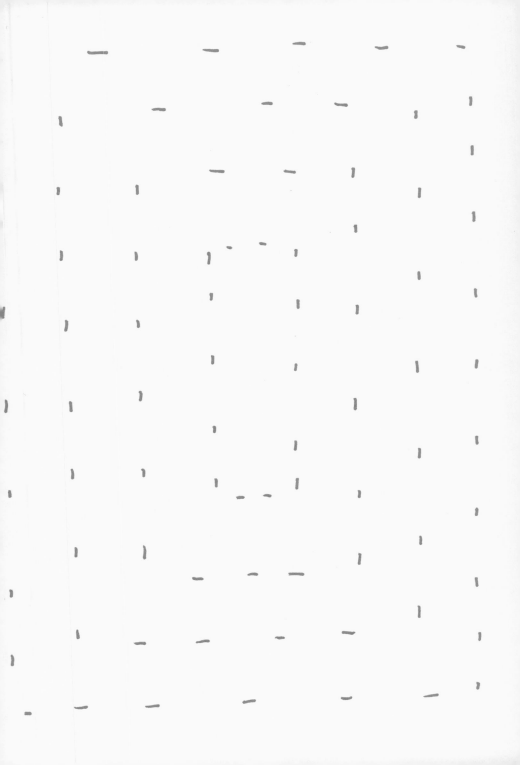

바늘 부부, 모험을 떠나다

SEOUL, 2002

바늘 부부, 모험을 떠나다

초판 제1쇄 발행일 2002년 11월 5일
초판 제71쇄 발행일 2022년 3월 20일
글 도바시 에츠코 그림 초 신타 옮김 김난주
발행인 박헌용, 윤호권 발행처 (주)시공사
주소 서울시 성동구 상원1길 22, 6-8층 (우편번호 04779)
대표전화 02-3486-6877 팩스(주문) 02-585-1247
홈페이지 www.sigongsa.com/www.sigongjunior.com

MR. & MRS. NEEDLE GO TO SEE THE WORLD
Text copyright ⓒ 1999 by Etsuko Dobashi
Illustrations copyright ⓒ 1999 by Shinta Cho
All rights reserved.
Korean translation copyright ⓒ 2002 by Sigongsa Co., Ltd.
This Korean edition was published by arrangement with
Fukuinkan Shoten Publishers, Inc., Tokyo.

이 책의 한국어판 저작권은 Fukuinkan Shoten Publishers, Inc.와
독점 계약한 (주)시공사에 있습니다. 저작권법에 의해
한국 내에서 보호받는 저작물이므로 무단 전재와 무단 복제를 금합니다.

ISBN 978-89-527-8617-3 74830
ISBN 978-89-527-5579-7 (세트)

*시공사는 시공간을 넘는 무한한 콘텐츠 세상을 만듭니다.
*시공사는 더 나은 내일을 함께 만들 여러분의 소중한 의견을 기다립니다.
*잘못 만들어진 책은 구입하신 곳에서 바꾸어 드립니다.

KC마크는 이 제품이 공통안전기준에 적합하였음을 의미합니다.
제조국 : 대한민국 사용 연령 : 8세 이상
책장에 손이 베이지 않게, 모서리에 다치지 않게 주의하세요.

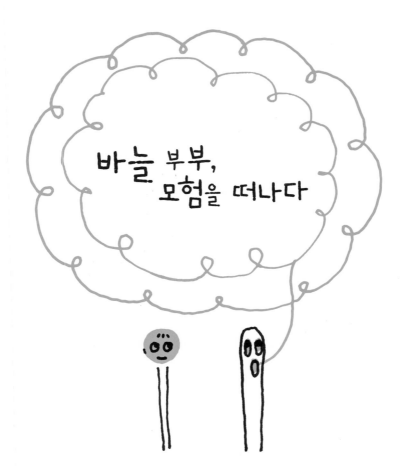

바늘 부부,
모험을 떠나다

도바시 에츠코 글 · 초 신타 그림 · 김난주 옮김

시공주니어

바늘 부부,
모험을 떠나다

어느 바느질고리(바늘, 실, 골무 등 바느질 도구를 담는 통 : 옮긴이)에 바늘 남편과 시침 핀 아내가 살았어요.

이 부부는 늘 차림새에 신경을 썼어요. 그래서 머리끝에서부터 발끝까지 반짝반짝 빛이 났답니다.

시침 핀 아내의 자랑거리는 뭐니뭐니해도 분홍색 진주였어요.

　　시침 핀 아내는 가위에 비친 자기 모습을 황홀하게 바라보며 생각했어요.

　　'난 어쩌면 아주 고귀한 몸으로 태어났는지도 몰라.'

일을 할 때면 둘은 늘 함께였어요.

시침 핀 아내가 옷감을 꼭 누르고 있으면 바늘 남편이 한 땀 한 땀 바느질을 했지요.

시침 핀 아내는 생각했어요.

'이 사람은 어쩌면 솜씨가 이리도 좋담. 이렇게 바늘땀이 예쁜 사람은 흔치 않을 거야.'

아내는 바느질하는 남편의 모습을 사랑스럽게 바라보았어요.

그러던 어느 날의 일입니다.

여느 때처럼 둘은 함께 일하고 있었어요.

바늘 남편이 바느질을 다 끝내고 실의 매듭을 만들다가, 그만 발이 미끄러지고 말았어요.

"앗!"

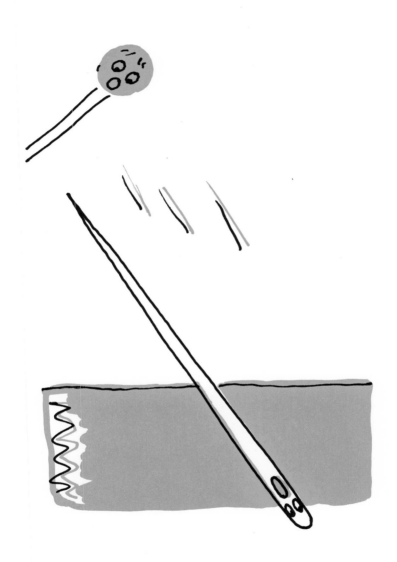

바늘 남편은 거꾸로 떨어지고 말았어요.

'아아, 내가 큰 실수를 했구나!'

바늘 남편은 너무도 부끄러워 뭐라 말도 할 수 없었어요.

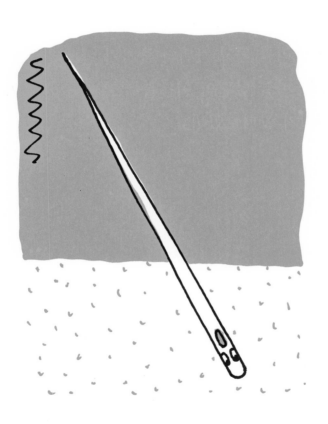

시침 핀 아내가 비명을 질렀어요.

"누구 없어요! 도와 주세요!"

이 소리를 듣고 가위와 줄자가 달려왔어요.

모두 바늘 남편의 이름을 부르면서 아래쪽을
여기저기 살펴보았어요.

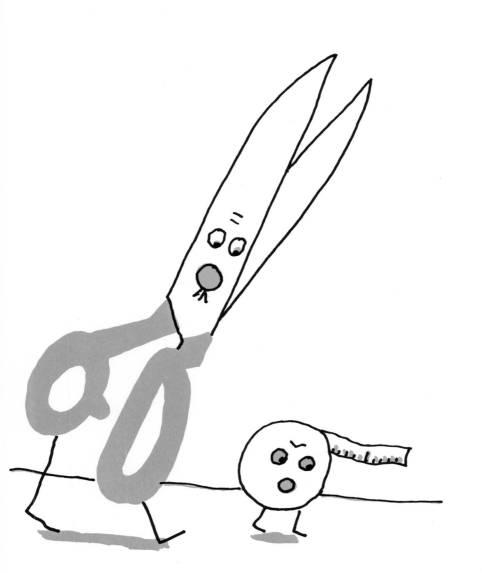

시침 핀 아내는 옷감을 타고 끝까지 내려갔
어요.

그 때였어요!

창문으로 바람이 세차게 불어들었어요.

어머, 옷감이 펄럭펄럭 흔들려요! 시침 핀 아내는 금방이라도 날려갈 것 같았어요.

모두 어쩔 수 없이 바느질고리로 돌아가 기다리기로 했어요.

그러나 다음 날이 되어도 바늘 남편은 돌아오지 않았어요.

바느질고리 안에서는 다시 한바탕 소동이 벌어졌어요. 시침 핀 아내는 너무나 걱정이 되어 더더욱 야위었답니다.

실패 할아버지가 말했어요.

"바늘 서방은 마루 틈새에 끼여 있을 거야. 틀림없어. 바늘 서방은 너무 가늘어서 좁은 틈새에도 금방 끼이니까."

시침 핀 아내는 당장 바늘 남편이 떨어진 곳에 가 보기로 했어요.

친절한 실패 할아버지가 실을 풀어 주었어요. 시침 핀 아내는 실을 타고 조금씩 조금씩 내려갔어요.

그런데 어쩌지요.

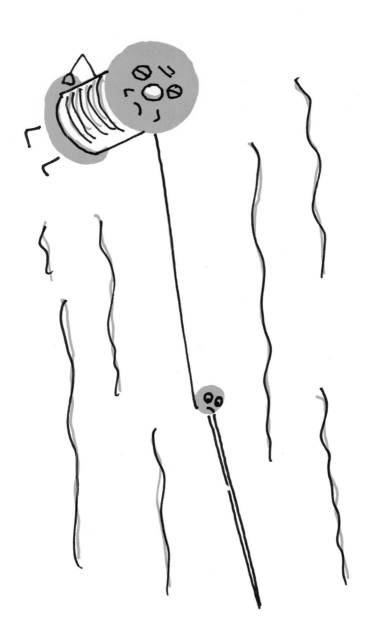

바늘 남편의 모습은 아무데도 없었어요.

도대체 어디로 갔을까요?

시침 핀 아내는 슬픔에 잠겼어요. 그 때, 소파 위에 앉아 있던 고양이가 말했어요.

"어제 저기 마루 틈새에 너처럼 반짝이는 게 끼여 있었어. 하지만 그 뒤에 청소기가 돌아다녔으니까, 아마 청소기에 빨려들어갔을 거야."

시침 핀 아내는 깜짝 놀랐어요. 서둘러 청소
기가 늘 잠을 잔다는 현관 옆 벽장으로 갔어요.

벽장문은 꼭 꼭 닫혀 있었어요.

시침 핀 아내는 마룻바닥과 문 틈새로 기어 들어가기로 했어요.

그런데 그 아름다운 머리가 걸림돌이 될 줄
이야!

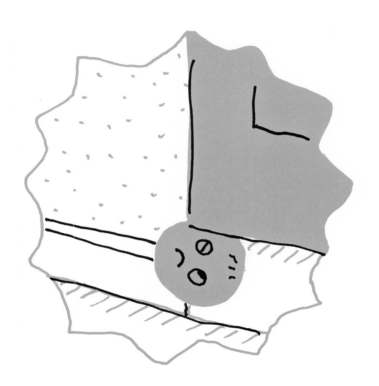

시침 편 아내는 다리를 먼저 들이밀어 보기도 하고,

몸을 오른쪽으로 돌려 보기도 하고,

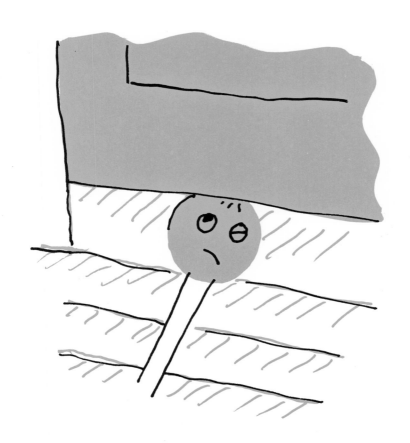

왼쪽으로 돌려 보기도 하면서,

고생 고생 끝에 겨우 벽장 속으로 들어갔답니다.

　"하필이면 이런 때 방해가 되다니. 정말 쓸모없는 진주야!"

벽장 속은 캄캄했어요.

잠시 기다리자 사방이 부옇게 밝아지면서 하나 둘 물건들이 보였어요.

대걸레와 오래된 신문지 옆에 무거워 보이는 이상한 물건이 놓여 있었어요.

큰 뱀처럼 구불구불한 관이 달려 있네요!

이게 청소기일까요?

시침 핀 아내는 조심조심 관을 기어오르기 시작했어요.

그러자 갑자기 고함 소리가 났어요.

"아얏! 누구야?"

시침 핀 아내는 놀라서 뛰어내렸어요.

"아유, 미안해요. 당신이 청소기인가요? 저는 시침 핀이에요. 저를 삼켜 봐야 아무 소용 없답니다. 그리고 말씀 좀 묻겠는데……, 밖에 있는 테이블 가까이에서 혹시 우리 남편, 아아, 바늘을 못 봤나요?"

청소기가 말했어요.

"하하, 배가 아팠던 게 바늘 때문이었군. 반짝이는 게 있길래 삼켰다가 혼이 났지 뭐야. 하지만 지금은 뱃속이 깨끗하게 비었어. 아까 다 토해 냈거든. 당신 남편은 아마 쓰레기 내놓는 데에 있을 거야."

청소기는 하품을 쩍 하더니 다시 잠이 들었어요.

그런데 쓰레기를 내놓는 곳은 어디일까요?

시침 핀 아내는 어쩔 줄을 모르고 벽장 앞에 서 있기만 했어요. 그 때, 고양이가 나타나 물 었어요.

"바늘 남편은 찾았니?"

시침 핀 아내는 고양이에게 청소기한테 들은 얘기를 했어요.

"나를 따라 와."

고양이는 그렇게 말하더니 현관 밖으로 나갔어요.

시침 핀 아내는 열심히 고양이 뒤를 따라갔답니다.

집 뒤로 돌아가자, 마당 한 구석에 커다랗고 울퉁불퉁한 것이 놓여 있었어요.

고양이가 말했어요.

"바늘 남편은 아마 이 쓰레기 봉투 안에 있을 거야."

그러고는 어디론가 가 버렸어요.

시침 핀 아내는 쓰레기 봉투를 올려다보며
바늘 남편을 불렀어요. 몇 바퀴나 쓰레기 봉투
주위를 돌면서요.
그러나 아무 대답도 들리지 않았어요.

어떻게 하면 이 커다란 봉투 안에서 바늘 남편을 찾아 낼 수 있을까요?

시침 핀 아내는 어째야 좋을지 몰라서 봉투를 멍하니 쳐다보고만 있었어요.

그 때, 봉투 밑에서 무엇인가 반짝 빛나는 게 보였어요.

"어멋!"

시침 핀 아내는 얼른 달려가 봉투에 구멍을 뚫었어요.

그러자 저런 저런!

시커멓게 때가 묻은 바늘 남편이 헉헉 숨을 몰아쉬며 나왔어요.

시침 핀 아내는 바늘 남편을 껴안고 일으켜
세웠어요. 그러고서 부드러운 풀밭에 눕혀 몸
을 편안하게 해 주고, 시원한 풀로 얼굴을 닦아
주었어요.

이제 괜찮아요. 바늘 남편은 잠시 쉬더니 기
운을 되찾았어요.

아, 얼마나 기쁜지 모르겠어요.

시침 핀 아내는 자기도 모르게 빙글빙글 춤
을 추었답니다.

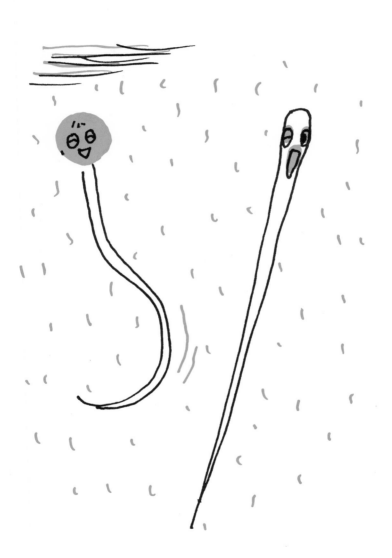

이제,

시침 핀 아내는 마음을 푹 놓았어요. 그리고 구멍으로 쓰레기 봉투 안을 들여다보면서 말했어요.

"쓰레기 봉투 안에는 무엇이 들어 있을까요?"

시침 핀 아내는 쓰레기 봉투에서 황금빛으로 반짝반짝 빛나는 가느다란 실을 꺼냈어요.

"어머 어머, 너무 예쁘다! 이걸 목에 감으면 정말 멋있을 거야."

시침 핀 아내는 황금빛 실을 목에 감았어요.

둘이 돌아가려 할 때였어요.

사방이 갑자기 캄캄해지더니 굵은 빗방울이 떨어졌어요.

저런, 큰일이에요. 온몸에 녹이 슬겠어요.

둘은 허둥지둥 뛰어 쓰레기 봉투 밑으로 들어갔어요.

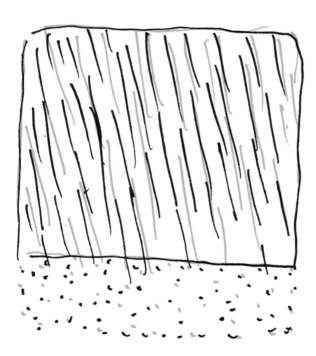

한참 후, 비가 그치자 둘은 현관으로 걷기 시작했어요.

그런데 이 일을 어쩌죠. 아까 내린 비 때문에 길이 가로막혀 더 이상 갈 수가 없어요.

어떻게 하면 이 강을 건널 수 있을까요? 둘이 우물쭈물하고 있는데, 노랫소리가 들렸어요.

"흐르는 강물에

　배 띄우고,

　영차 어여차

　노저어 가네."

메뚜기가 타고 있는 나뭇잎 배가 둥실둥실 떠가고 있었어요.

"어이, 초록 양반, 우리도 좀 태워 줘요."

바늘 남편이 부탁하자 메뚜기는 물가로 노저어 왔어요.

메뚜기는 절대로 발을 밟지 않겠다는 약속을 받고서 둘을 태워 주었어요.

그런데 나뭇잎 배가 어찌나 흔들리던지요!

바늘 남편과 시침 핀 아내는 이리 비틀 저리 비틀 하며 떠내려갔어요. 까딱하면 메뚜기의 발을 밟을 것 같았어요.

나뭇잎 배가 크게 한 번 흔들리더니, 정말 큰 일이 벌어졌어요.

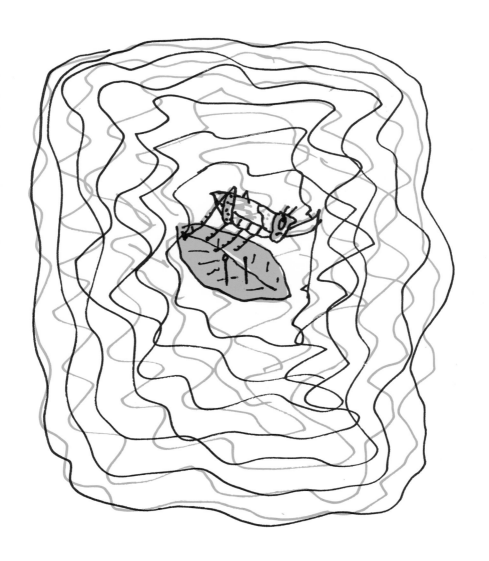

바늘 남편과 시침 핀 아내가 비틀거리는 바람에 그만 나뭇잎에 구멍이 뚫렸어요. 나뭇잎 배가 가라앉기 시작했어요.

둘은 너무도 무서운 나머지 몸이 딱딱하게 굳고 말았답니다.

메뚜기가 외쳤어요.

"이거 큰일났군! 밧줄, 밧줄이 있어야겠어!"

시침 핀 아내가 그 말을 듣고, 목에서 황금빛 실을 풀어 메뚜기에게 건넸어요.

메뚜기는 실 끝을 바늘 남편에게 잡으라고 하고, 자신은 다른 한 끝을 잡고서 물가로 껑충 뛰어내렸어요. 그리고 나뭇잎 배를 물가로 끌어당겼어요.

메뚜기는 깡충거리며 투덜투덜 불평을 늘어놓기 시작했어요.

"당신들 덕분에 물귀신이 될 뻔했잖아."

그런데 그 때,

갑자기 무언가가 메뚜기에게 덤벼들었어요.

"으악! 살려 줘!"

누군가 했더니, 고양이였어요.

바늘 남편은 폴짝 뛰어올라 고양이를 콕 찔렀어요.

"아야, 아야야야!"

고양이가 소리를 지르며 메뚜기를 놓고 물러섰어요.

시침 뗀 아내가 말했어요.

"고양이 씨, 도대체 무슨 짓이에요! 이 분은 우리를 구해 주었다고요."

"아, 미안 미안. 난 움직이는 것만 보면 장난을 치고 싶어서……."

고양이는 어슬렁어슬렁 사라져 버렸어요.

바늘 남편과 시침 핀 아내는 얼른 메뚜기에게 가 보았어요. 메뚜기 날개가 쭉 찢어져 있었어요.

메뚜기가 엉엉 울면서 말했어요.

"아아, 내 소중한 날개가 못쓰게 됐어. 이제 두 번 다시 날지 못할 거야."

바늘 남편이 메뚜기에게 말했어요.

"걱정할 것 없어요. 내게 맡겨요!"

바늘 남편은 황금빛 실을 둘로 갈랐어요. 그리고 가느다란 한 가닥으로 메뚜기 날개를 한 땀 한 땀 감쪽같이 꿰매 주었어요.

메뚜기는 너무나 기뻐서, 날개를 폈다 접었다 하며 바늘 남편과 시침 핀 아내 주위를 깡충깡충 맴돌았어요. 메뚜기가 말했어요.

"아까는 그만 나도 모르게 화를 냈어요. 미안해요. 이렇게 날개를 고쳐 주었으니, 보답을 해야죠."

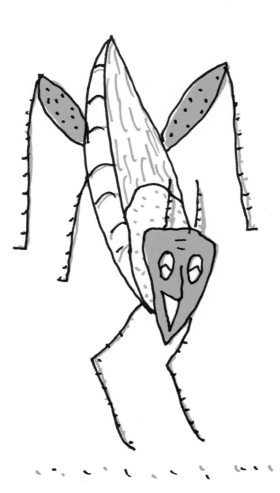

메뚜기는 바늘 남편과 시침 핀 아내를 현관
까지 데려다 주었어요.

바늘 남편과 시침 핀 아내는 벽장 앞을 지나,

방을 가로질러,

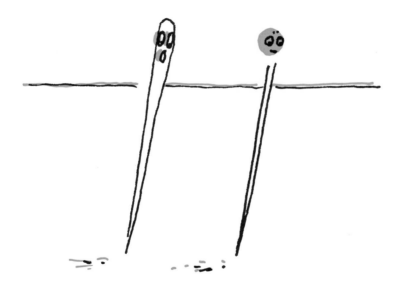

실패 할아버지의 도움을 받아서, 드디어 바느질고리로 돌아왔어요.

바늘 남편과 시침 핀 아내가 돌아오자, 바느질고리 식구들은 신이 나서 어쩔 줄을 몰랐어요. 그 동안 둘이 없어서 일을 전혀 할 수 없었으니까요.

모두들 바늘 부부의 용감한 모험 이야기를 몇 번이나 듣고 싶어했어요.

시침 핀 아내는 이야기가 끝날 때면 꼭 이렇게 말했답니다.

"세상 구경, 한 번은 할 만하더군요. 말도 말아요, 얼마나 넓은지. 참, 혹시 세상 구경 나갔다가 날개에 황금빛 줄이 있는 메뚜기를 만나면 안부 전해 줘요."

시침 핀 아내는 목에 감은 황금빛 실을 자랑스럽게 흔들어 보였어요.

오늘 아침 중학생 언니의 교복에 단추를 달아 주었어요. 바늘 귀에 까만 실을 꿰어 꼭꼭 달아 주었지요. 가느다랗고 뾰족한 바늘 끝이 옷감을 콕 쑤시고 들어갈 때의 느낌, 마치 살을 콕 찌르는 것 같았어요.

옛날 할머니들은 우리가 갑자기 속이 메슥거리고 배가 아프다고 하면 급체를 했다면서 반짝거리는 바늘 끝을 성냥불에 태워 손가락 끝을 콕 찔렀지요. 까만 피가 쪼르륵 나오고 나면, 신기하게도 속이 시원해지면서 뻐근하던 어깨가 풀리곤 했어요.

너무 가느다래서 때로 보이지도 않는 바늘, 참 쓰임새도 많고 그 힘도 대단하지요.

그런데 이 바늘이 시침 핀과 부부일 줄이야!

바느질고리 안 세계에도 부부가 있고, 친구들이 있고, 서로서로 돕는 사랑이 있다니 참 놀라워요.

이 이야기는 세상에서 제일 바늘땀이 고운 바늘 남편의 실종 사건으로 시작되어요. 놀라고 두려운 시침 핀 아내는 조심조심 남편을 찾아 길을 떠나지요. 많은 친구들의 도움을 받으면서요. 실패 할아버지, 가위, 줄자, 고양이, 청소기. 이들은 마치 한 식구들처럼 바늘 남편의 실종을 걱정하고 도와 줍니다.

드디어 바늘 남편을 찾아, 지치고 더러워진 몸을 풀밭에 누이고 닦아 주는 시침핀 아내의 모습!

너무 작고 보잘것 없어서 때로는 없어져도 기억하지 못하는 바늘과 시침 핀인데 우리에게 이렇게 큰 사랑을 보여 주네요.

바느질고리 안의 사랑과 그들의 모험, 우리도 한번 들여다보아요.

김난주